KB204081

Fa[#]

Fa#

67세에 독학으로 시에 입문한
노점상 시인의
사랑과 해학의 인생 스케치

신규식 지음

바른북스

프롤로그

2~30대에 연주 생활을 했고, 40대 이후론 화가 겸 화랑 운영을 했지만 경영실패로 현재는 노점에서 그림을 팔고 있습니다.

지인 중 한 분이 글재주가 있으니, 글을 써보라 해서 67세에 시를 공부하게 되었습니다. 국문학과는 물론 대학도 나오지 않았고, 문학에 대해 고등학교 이후론 전혀 배운 적이 없어서 유튜브에서 시 낭송을 듣고, 작법도 잠깐 배웠으나 표절도 두렵고 필터에 걸러지고 싶지 않아 모두 끊고 오로지 내 생각과 감성만으로 시를 썼습니다.
그 결과 정통시에서 많이 벗어나기도 했지만, 그러다 보니 저만의 독특한 글이 나오게 된 게 아닌가 생각합니다.
추억과 생활시, 해학과 콩트, 세태 비판 글, 교훈적인 시도 조금 썼습니다.

시집을 출간하는 이유는 자기계발과 성취감을 느끼고,
국문학과를 나오지 않아도, 60이 넘어서도 가능하고 독
학으로도 할 수 있다는 것을 보여주고, 시를 어려워하고
가까이하지 않았던 분들께 용기를 주기 위해서입니다.
많이 부족한 글이지만 잘 읽어주시고, 작은 재미나 감동,
짧은 미소라도 지어주신다면 행복하겠습니다.

저자 신규식

목차

2부 Fa#

3부 제비붓꽃의 꿈

4부   날마다 선물

1부

가장 아름다운 길

바람이 잠드는 곳

바람이 분다
허기를 졸라매고
견뎌 온 세월 위에

몸종 같은 희생이 삶인
꽃받침 위에
바람이 분다

내게 바람은
상처 위에 뿌리는
막소금 같은 것

먹느니 굶는 게 나은
조당수 하얀 김 위에

어린아이 주먹만 한

수제비 대접 위에
바람이 분다

그 바람 피해 보려는
어린 가슴팍에

탄식가락 구슬픈
어머니 노랫소리에도
바람은 분다

술 힘 빌려 세상 욕하는
아버지 처진 어깨에도
바람은 못 본 체 지나치는
아량도 없다

지치지도 쉬지도 않던
멍에 같았던 바람이

배고픔이 잊힐 무렵
첫사랑 얼굴이 잊힐 무렵

초록 은행잎이

황금빛 손짓으로 유혹할 무렵
바람이 잔다

어머니 잔소리 생각나고
아버지 기침 소리 그리워질 때
바람이 잔다

꿈꾸듯 밀려오는 파도 같은 잔영 사이로
바람이 잠든다

이제 바람은
상처 위에 뿌리는
소금 아닌
통일연고[*]
원자고약이다

---

[*]　60년대 성능 좋은 고약으로, 최고란 뜻으로 원자고약이라 불렀습니다.

그리움에게 묻다

소슬바람에 떨고 있는
단풍잎 사이로

그리움이 흐르기에
불러 세웠다

넌 아름다운 이름에
아픔이 묻어 있구나

그리움이 대답했다

나의 또 다른 이름은
사랑의 엄마란다

사랑 잉태하고 출산할 때도
산고를 겪는단다

숨겨둔 사랑

사라져 버린 너를
많은 젊은 피들이
찾아나섰지만

아무도 널
찾지 못했어

왜냐면 내 가슴 깊이
꼭꼭 숨겨놓았거든

예기치 않은 너의 스밈에
내 기쁨은 구름 위를
무지개 우산 쓰고 걷는다

아기 발가락만큼
예쁜 귀가 유혹해도

Fa#

그 사랑이 누군지
말할 수 없다

잔소리할까
머리와도 의논 않고
떠들고 다닐까 봐
입술에게도 숨겼지

용암 같은 너의 마음
식을까 굳어버릴까

감시하고 달래며
달콤한 혀와 심장의 노래로
널 지킬 거야

아직 봉오리 우리 사랑
꽃망울 터뜨릴 때까지
기다릴 거야

어둡지만 따숨방 문 열어
빛으로 그린 수채화에게
널 알릴 때까지

내 사랑이라

말할 수 있을 때까지

Fa#

노을 남기고

새벽부터
과수원 할배 욕 같은
푸근한 사랑비가 내린다

비 그친 새벽 닮은 눈으로
내 시선에 콩깍지 씌워준
외갓집 동네 처녀 정화는
눈물 흘리며 생솔가지에
불붙이고 있다

내 가슴엔 이미 불났는데
아궁이는 청회색 연기로
승천하는 용만 그린다

저녁 때 만나자는 말에
심장에 숨겨둔 방망이가

큰북을 친다

얄밉도록 걸음 느린 햇살이
노을빛 꼬리 남기고 먼 산
넘을 때
성미 급한 내 그림자는
주인보다 앞서 걷는다

눈물 사이로 흘러나오는
사랑한다는 그 말이
사랑했었다는
과거형 동사인 걸 깨닫는 데는
그리 많은 시간이 필요치
않았다

가슴을 치던 큰북은
북채를 내려놓았다
행복 빌어줄 수 있겠냐는
떨리는 입술에

시야 가리는 조금은 짠
소금물로 대답했다

이젠

다림질 끝낸 교복 카라 같은

여인의 향기 스며와도

텅 빈 가슴 두드려 줄

북채를 찾지 못할 것이다

오늘도 서산 해는

먼지에 섞여

연분홍빛 노을 남기고

난 책임 없다며

줄행랑치고 있다

가장 아름다운 길

너 그리워 행장 없이
무작정 나서는 길

어둔 발 돌부리에 채일까
산 넘은 노을 잡아당겨
머리 위에 비춰놓은 길

험한 길 발바닥 부르틀까
달빛 카펫 깔아놓은 길

혹여 뛰는 가슴 멈출까
살포시 파도치는 길

내 심장이 너의 심장으로
허락 없이 떠나는 길

Fa#

물들이기

사물을 인식할 수 있게 된 나이
내 눈은 물들기 시작했다

개나리 수줍은 몸짓
봉숭아 붉은 사연이
금빛과 고추잠자리 빛깔로
눈을 물들였다

가난한 동네 골목엔
땜빵 머리 아이들의
웃음소리 떠드는 소리

군 트럭의 시끄러운
엔진소리
술집 여자와 취한 손님의
술값 싸움이

유리 같은 내 수정체를
수채화처럼 또는
죽은 고목 껍질처럼
물들였다

옆집 형 말더듬 따라 하다
그것에 물들었고

햇님이 은빛 손길로
아이들 머리 쓰다듬을 때

말더듬에 물든 나는
어둠과 비의 모습으로
물들어 갔다

연주자로 일하면서
작곡했던 곡이
표절로 물들었던
부끄러움으로
가슴 방에 세 들어
떠날 줄 몰랐다
일흔 코앞에서

시작한 시 쓰기에
표절 같은 친구 사양하려고
읽기 배움 모두 거절하고

내 생각 감성만으로
눈과 가슴과 원고지를
물들여 갔다

이제 더럽혀진 내 수정체를
알코올과 거즈로 닦아내고

아침 이슬처럼 순수하게
원고지로 이사 가는 생각과 감성을
자축하리라 그리고
심오함으로 물들이리라

그 사람이 보고 싶다

가을비가 우체부인 양
옛이야기 전하는 날엔
그 사람이 보고 싶다

사색을 좋아하며
약한 또 어려운 사람을
사랑했던 사람

불의는 절대 보지 못하지만
나약한 자신을 깨닫고

두 주먹만 부르르 떨던
그 사람

맺지 못한 첫사랑을
놓지 못하고

Fa#

하세월 껴안고 살아온 사람

그 사람이 보고 싶다

노루꼬리만 한 능력이지만
자존심 자존감은
세계 최고이던 사람

이 세상 한구석에서
자신의 인생 숙제 풀어가며
막걸리 회를 좋아해서
바닷가에 살던 그 사람

산낙지 칼질 용기 없어
죽으면 먹으리라
죽어라 죽어라 기도하지만
끝내 먹지 못하고

신김치에 두어 병 비우던
유난히 맘 약하고
정 많던 사람
그 사람이 보고 싶다

추억 싣고 내리는 빗물 타고
오랜만에 그를 찾았다

세월의 역사를 얼굴로 쓰고 있는
초로의 사나이는

반기기는커녕
아는 체도 하지 않았다

그는 도수 높은 안경 끼고
원고지에 뭔가 긁적이고 있었다
그는
글을 쓰고 있었다
이 시를
쓰고 있었다

거꾸로 본 세상

세상이 싫다
사람들이 싫다

모든 게 불공평하다
나에게만 너무
가혹하다며

울분을 토할 때
비가 내렸다

그런데
비가 하늘로 올라간다

아!
내가
물구나무서 있었구나

부랄 친구

오늘은 하나뿐인

부랄 친구 만나는 날이다

다른 친구도 두셋 있는데

진간장에 담가 놓은

서리태처럼

둘 다 까매서

어느 게 콩이고 간장인지

헷갈리는 크레믈린 삼총사다

하나뿐인 소중한

부랄 친구는

검고 밝은 고요를

애무하듯 깨우고 재우는

빛보다 환한 그늘이다

박수근 시장의 여인들보다

소박하고

밥 로스의 풍경보다

경쾌하고 초록지다

이 과분한 이바지 같은

보너스와 함께

외로울 때 혹은 센치할 때

굳이 청하지 않아도

내 기분 먼저 알아채고

찾아온다

안개처럼 이슬처럼

스며들기도 하고

는개 또는 여우처럼

온지도 모르게 가기도 하고

모다깃 자드락 이름처럼

때려 부수기도 한다

내 생에 가장 가치 있는

선물 중 하나인 그는

미사여구가 필요 없는

시 그리고 소설이요

음악이며 수채화다

나에게 주문 걸어 놓고

마법에 걸렸다 생각되면

충전을 위해 떠난다

내 부랄 친구는

마법사다

퇴짜

맞선 자리에
20분 늦게 나온 그녀에게서
마스크를 썼음에도 불구하고
강남 의사 냄새가 났다

앉자마자
호구조사와 직업 연봉
통장 개수 무게를 물었다

"재물 자랑은 열등감에서
시작하는 겁니다"라고 했더니
얼굴에서 웃음기가 사라졌다

금방석에 앉혀줄 능력
있냐는 듯하는
입술 놀림에

30년을 다르게 산 사람 위해
기계처럼 일하다가
벌레로 변해 죽기 싫다
했더니

이해가 안 되는지
갸웃거리며
단도직입적으로
재산이 얼마냐 물었다

머리를 가리키며
내 머리가 재산이라 했더니
뭐라 중얼거리며 일어났다

확언컨대 입 모양은 분명히
'미친놈'이었다

그녀는 날 퇴짜 놓았고
나는 그녀의 첫 물음 때
퇴짜 놓았었다

밤하늘에 태양 닮은 하얀 쟁반이

엘리스 블루의 교교한 빛[*]으로

어서 빨리 가라고

그녀의 등을 힘차게 밀고 있었다

뒹굴뒹굴

결근하고 쇼파에 누워
뒹굴뒹굴
어릴 적 숙제도 안 하고
뒹굴뒹굴
준비물도 안 챙기고
뒹굴뒹굴

씻지도 않고
뒹굴뒹굴
맨날 술만 마시고
뒹굴뒹굴

나는
게으름 대왕이로소이다

벽에 붙은 우리집 가훈

Fa#

"내일 해도 될 일을
꼭 오늘 해야 하나"

가훈 지키려고 애쓰는
딸내미도 폰만 잡고
뒹굴뒹굴

게으름 대왕인 내가
사람 구실 하는 건

부지런 여왕인
마눌님 덕분이로소이다

은혜를 아는지 모르는지
낮이나 밤이나
뒹굴뒹굴

그걸 지켜보던 어머니 말씀
"남 모타리다"

게으른 날의 노래

세월 태우는 햇볕 사이로
옛 빛깔 그리움이
고요를 흔들어 깨운다

눈부심도
휴가가 필요한지
느티나무 그늘 아래
자리 깔고 누운 오후

바람 소리에 댓구다는
풍경 소리에 맞춰
매미의 구애 소리만이
늦여름 더위를 간지럽힌다

앞뒷집 견공들이
혀 내밀고 더위 욕하며

Fa#

모든 게 졸리고
게으름이 두 팔 흔드는데

박서방 자투리 논에 선
허수아비
연인의 손짓인 줄
정신줄 놓았다

그래 놀아보자

내일의 몽둥이가
뒤통수를 노려보고 있어도
이렇게 살 간지러운 날
샹그릴라 무릉도원
상상 나래 위에 얹지 못하면

산해진미 재물 명예가
무슨 소용이랴
대장부 붓질하는 미래가
눈 코앞에서
수평선 향해
뱃고동 울리고 있는데

막걸리 예찬

초록 몸매에
하얀 두근거림이 비친다

옅은 탄산 새는 소리는
어둠에 촛불 밝히고

벌컥벌컥 따르는 소리는
달팽이관 미소 짓게 하는

우울증 치료사
시원하고 달콤한 의사다

하얀 기쁨과 입맞춤 하고
얼굴에 연지꽃 피면
울고 싶은 날들도
웃음소리 무성하다

첫 번째 병은
고독 밀어내고

두 병째에는 옛얘기들 달려와
사랑방 가득 채우고

세 병째는
첫사랑 님의 미소를
젖은 눈에 초대한다

네 병 다섯 병은
무당산 금전으로 나를 이끌고

빗소리 창문과 속삭일 때
주선이 된 나를
천계로 인도하는 너는
불로초 흑지마다

주정뱅이 별장

빗소리는 내 영혼의
꿀잠 같은 휴식이다

노후에 작은 바램 있다면
거북이 등딱지만 한
밭이라도 구해서
원두막 짓는 일이다

지붕은 필히 양철지붕
딥 퍼플의 연주보다
요란하게
때론 이사도라보다
리드미컬하게

양철지붕 빗소리는
락 콘서트 야외무대다

Fa#

막걸리에 파전
돼지고기 김치찌개에
발가벗고 대작해도 좋은
벗 한둘과
고담준론도 좋고

잘나가는 친척 친구 놈들
없는 험담 만들어
부족한 안주 보태고

하면 싸운다는
정치 종교 논쟁해서
조용한 산골짝 멧새들 놀래켜
들여다보게 하고

음담패설 야동 얘기는
남사스러우니

조용히 심도 있게
이 밤이 새도록
새벽닭이 울 때까지
논해도 좋으리

한 번쯤 실연당한 젊음처럼
장대빗속을 악쓰며
헤매보고 싶기도 하다

이 비 그치지 말고
술병 바닥 보이지 마라

했던 얘기 또 하고
했던 얘기 또 하고

술주정이면 어떻고
잠꼬대면 어떠리

누가 이기나 술과 싸워보자
벗 있지 막걸리 넘치지
할 얘기 밤이 새도 끝이 없지

대장부 늙은 하루에
이만한 기쁨 또 있으랴

가장 작은 집

약혼녀가 말했어요
우리 집 없인
결혼할 수 없어요

나는 대답했어요
작은 집이라도 괜찮아요?
두 채나 있어요

그녀는 말했어요
살 수만 있으면 돼요

세상에서 가장 작은 두 집을
선물했어요

바둑판의 살아 있는
두 집을

2부

Fa#

사월의 기도

나는 봉오리입니다
꽃봉오리
나를 향한 그대 온기 부족해
아직 봉오리입니다

나는 바이러스입니다
살아 있는 것도 아닌
죽은 것도 아닌

그대 품에 안기지 못해
산 것도 죽은 것도 아닌
바이러스 같은 존재입니다

차디찬 우주에 버려져서
생명 얻지 못한 티끌 하나

Fa#

그대 품에 기생 허락한다면
어두운 세상에 작은 생명 하나
둥지 털고 날아오를 겁니다

첫 월급으로 샀던
야외전축 검은 회오리 속에
조니 내쉬의
더 보이스 오브 러브

그 감미로운 목소리
양탄자 삼아
이카로스의 날개 달고
태양을 향해 비상할 겁니다

봉오리를 열게 해주소서
바이러스에게
생명을 불어넣어 주소서

잔인한 사월이
은혜 충만한
사월이 되게 하소서

해고

초췌한 모습으로 그들은
현관문 앞에 서 있었다

17년 12년을 사고 한번 없이
우리를 위해 일했건만

늙고 힘없다는 이유로
해고했다

젊고 잘생긴 일꾼 면접 본 후에
일고의 망설임도 없이

퇴직금은 물론 노잣돈 한 푼 안 주고
내쫓았다

아내는 인정머리라고는

눈곱만치도 없다

그들은 재고용을 원하진 않았지만
눈물 내음이
문 틈새로 들어오는 듯했다

현관문 열었을 때
목석처럼 굳어 있는

그들에게 내가 할 수 있는 건
말 없이 쓰다듬어 주는 것
뿐이었다

엘리베이터 앞에서 만난
두 남자가 말했다

"냉장고 세탁기
수거하러 왔습니다"

빗속에 둥지 튼 인생

벌거벗고
마중하고 싶다

우울하고 괴로울 때
너는 항상 찾아왔다

흘러내리는 물이
단물인지 쓴물인지

술에 타서
감별하고 싶다

입안에 퍼지는 박하향처럼
소래 흙빛 바다를 낭만 가득한
진회색 수묵화로 그리고

Fa#

햇볕 두려운 여린 피부에
느티나무 그늘 같은
쉼터가 돼주었다

세상고민 다 짊어진
민주화 투사처럼
고뇌하던 젊음을
언제나 감싸주던 너를

푸릇한 상추잎에 햇살처럼
초대하고 싶다
원두막 경호하듯
초록이 넘실대는 밭에

옛 설움 같은 빗물에
나래 펴는 콩잎

잠든 세월 깨우는 천둥소리에
질세라 합창하는 해바라기
가족

그 가락에 춤추는

옥수수수염

오줌 싸고 터는 엉덩이만 한
호박잎의 어깨춤

빗물과 포옹하고
담소 나누는 내 모습
흑백으로 찍어

처마 밑 풍경 아래
달아놓고 싶다

빗속에 터 잡은 내 둥지 위로
깃털처럼 포근하고 따뜻한
내일이 문 두드린다

아카시아꽃 향기 속으로

여왕 즉위의 계절
그 영광 뒤안에서

희미해진 기억문 열어
그날 풍경 잡고 웁니다

소소한 행복이 꿈이었던
박꽃 같았던 친구

오월의 아카시아꽃
향기 속으로
돌아오지 못할 길 떠난 너

빽빽하게 들어선 아카시아 숲이
널 보내지 않으려고

병풍처럼 막아서며
하얗게 울던 밤

눈부시게 반짝이는 송이
송이마다
너의 웃음 너의 꿈 너의 사랑

거꾸로 매달린 송이송이마다
나의 후회 나의 슬픔 나의 눈물

아카시아꽃은
세상에서 가장 밝고 서러운
피사체였다

사진으로 남기기엔
카메라 품이 너무 작아
침몰하는 가슴으로 찍어
세월 속 깊이 저장했었다

그 옛날 오월의
아카시아 향기가

위로하듯 손수건을
전해준다

오월은 내 생애
가장 아픈 눈물 조각들을
세월의 사진첩에서 꺼내
맞춰보는 달이다

자전거

앞서가는
앞바퀴를

달아나는
동그란
당신 마음을

영원히 뒤쫓는
둥글고 서러운

뒷바퀴
내 마음

Fa#

월곶 야곡

잠시 외출했던 고독이
좁은 흙빛 바다를
흥건히 적신다

안개에 섞여 퍼지는
희미한 간판의 불빛이
소래포구의 저녁을
어루만진다

물 건너 내 보금자리는
남동쪽 월곶이고

주말 외지 식객들
휘돌아 나가는 소래는
서북향이다

고깃배 드나드는 물길 너머
아파트 단지가
희뿌옇게 보인다

건너편이 비어 있었다면
흐린 내 눈빛을 쪽빛으로
물들였을 것을

푸른 벌판에 꿈과 사랑
추억과 희망 신고 한없이
달려보았을 것을

꽉 막힌 회색 건물들이
내 작은 바람마저
막아버렸다

이 밤 외로움에 젖지 않게
주룩주룩 비라도 내렸으면

체한듯한 이 고뇌를
지친 영혼의 때를
한 겹이라도 벗겨주련만

깊어가는 월곶의 밤

그대 그리움 그리려

시간이란 화가의 이름 빌려

검은 유혹 속으로

빠져본다

길 화랑

오늘과 내일이 어제 같은
지루함이 일상인 해안도로

오만가지 색상과 도안의
유혹이 자리 잡았다

크고 작은 네모틀 속
노란 꽃 붉은 단풍
익어가는 가을이 손짓한다

로키산 닮은 풍경화에선
설산의 바람이
얼음 호수 위에서
썰매를 타고

질주하는 〈팔마도〉 숨소리는

〈벤허〉의 전차 경기장으로
나를 이끈다

큰 액자 속 연보랏빛
코스모스 향기가
소래바다 소금 내음을
내일로 쫓아버리고

온기 뺏어 먹으려
저녁 바람 화랑 노크하는데

가로수들 입 벌려 감탄하며
초승달이 곁눈질로 훔쳐보는
오일 페인팅 페스티벌이다

현실의 고뇌 고이 접어
주머니에 집어넣는
거칠어진 손길에

잠시 숙연해지는 세월 같은
빌딩 그림자

외로웠던 아스팔트

또 보도블록이

예고 없이 찾아온 북적임들로

고요가 다시 그리워지는

변덕이 주렁주렁 열린

로드 갤러리

전시장이다

그대 있음에

샛바람 지쳐
허리띠 풀고 누운
뽕나무 그늘 웅덩이

고삐 풀려 망쳐버린 어제도
옛님 꿈에 설레던 아침도
흙탕물 웅덩이에 빠뜨리고

숨을 쉬고 싶다
내 목 졸라오는 초침소리
땀 위에 기름 붓는 저 햇볕

뒷발만 난
웅덩이 올구리에게
나의 오늘을 던져버린다

재단하듯 땅을 주름잡는
자벌레에게 부끄럽다

삶이 전쟁이고 살아남음이
문학 예술인 너에게

인간이란 주홍글씨 새기고
고뇌하는 내가 부끄럽다

얻지 못해 굵은 벽이
추상화 되고

얻으리란 기대로
날밤 샌 시간들이
개미 무덤이 되더라도
그대 생각할 수 있음에

집념의 짐 내려놓고
세상 잊은듯한
베짱이
노래 부르리라

내 사랑

방황하는 내 삶의 조각배에
허락 없이 올라탄 그대

흑수정 그 눈빛에
멈춰버린 마음의 행로

전생의 연민 같은
젖은 눈망울에
온몸 저려오던 그날 밤

눈치 없는 심장 소리는
옷 뚫고 나와 쿵쾅댔다

너의 웃음에
나의 빛과 그림자는 날개짓했고
너의 눈물에

봄날 단꿈도 늪에 빠져 허우적거렸지

내 눈물 짚신 삼아
생각조차 닿지 않는 먼 곳으로
네가 떠났을 때

찢겨진 가슴의 상처
엽서에 담아
너의 세상으로 보냈다

내일이 어둠에 갇혀
아침이 오지 않아도
괜찮아 내 사랑

나의 모든 걸 앗아간
매부리코 마녀라 해도

당신에게 키스 받지 못하여
다시 눈뜨지 못한다 해도
미안해하지 마
내 사랑

내가 태어난 이유

내가 살았던 이유

죽어서도 널

떠나지 못할 것 같은 이유

내 평생

단 하나뿐이었던

사랑

내 사랑이었기에

꼴찌를 위하여

공부 잘하는
가여운 아이

일등만 하는
불쌍한 인생

생각 살찌우기도
창의력 발산할 시간도
거의 없는

기대의 노예
관습의 노예
출세의 노예

꼴찌면 어때요

도전조차 못 하는

바보들도

천지빼깔인데

Fa#[*]

그 씨앗들이

이 세상에 뿌리내린 건

전쟁의 상흔이

채 가시지도 않았던

혼란했던 시기였어

방귀깨나 뀌던

꽃나무의 씨앗들은

애비의 입김

애미의 치맛바람으로

---

*   열심히 살고 정년퇴직한 인생을 성인 남자의 가장 높은 음인
     'Fa#'에 비유해서 퇴직 후 무료하게 세월 낭비 말고, 살아온
     인생보다 더 가치 있는 일에 도전해 보라는 뜻.

72   Fa#

새끼 씨앗을 멀리멀리
옥토로 날려 보냈지만

착하고 바보 같았던 꽃들은
제 씨앗들을
척박한 황무지에 던져 놓았지

호미로 가래로 막아도
세월은 가는 것

씨앗들은 성장해
짝짓고 새끼 낳아
옥토로 황무지로 날려 보냈지

금수저 흑수저 물고 태어났던
늙은 꽃나무들은
세상 의무 다한 듯

인생의 훈장 자랑하듯
여생을 즐기고 있었어

세월 지키던

뒷산 소나무가 말했지

"여보게들
Fa#으로 올라오지 않겠나"

모든 생들이 퇴직하고
자식들 추수하듯 털어 내고

힘들었던 세월
보상이라도 받으려는 듯

낮에는 등산 낚시
밤에는 기원 또 상갓집

그들의 일상은
명당터 잡아 놓고

저승사자 기다리는
살아 있는 송장일세

팔십 후반에 그림 배워
세계적 화가 된 미국인도 있고

구십 넘어 시 써서

베스트셀러 된 일본 할머니도 있다네

자 여러분

Fa#으로 올라오시게

Sol#도 있고

La#도 있다네

보이즈 비 엠비셔스

소년이여
그대 어떤 꿈을
꾸고 있는가

연기자 아이돌
대통령 과학자 선생님
아주 좋은 꿈들이다

하지만
A라는 배우가 사정이 생겨
못 하게 된다면
B가 할 수도 있고
CDEFG 널려 있다

A라는 가수가 부른 노래를
더 잘 부를 수 있는 가수도

Fa#

무지하게 많고

너 아니라도
대통령 할 사람은
천지빼깔이다

선생님 공무원 사업가
누구나 할 수 있다

내가 권하는 일은
너 아니면
아무도 할 수 없는
창작이란 길을
걸어보라는 것이다

다른 사람으로 대체 불가능한
너만이 할 수 있는
일을 위해 꿈을 위해
Boys be ambitious

흐를 수 있게

음악이 흐르고
강물도 흐르고
세월도 흐르는데

왜 내 마음은
당신에게 흐르지 못할까

아!
나보다 높은 곳에
있었군요

좀 낮은 곳으로
내려와 주세요

내 사랑이
흐를 수 있게

Fa#

잃어버린 고향

고향?
고향이요?

가난해 맨날 먹다가
질린 라면?

하지만 두어 밤 자고 나면
또 생각나는 그런 것 그런 곳

엄마 잔소리에
대들다가도 안기고 싶은

니 배는 똥배
할매손은 약손
자장가 들려주던 곳

꿈
사랑
야망
돈 명예

모두 뭉쳐 굴려도
손바닥만 한 앞마당의
눈사람 머리만도 못한
속세의 갈채

돌아가리라 했지만
갈 수 있을까

옛이야기 사랑 그 갈채
잊고 싶은 상처들
모두 뭉쳐

온전한 눈사람
만들 수 있다면
이룰 수도 있으리라

백발 위에 햇살 내리고

눈사람 세월강 따라
흘러가 버리면

그 저림
감당할 수 있을까

불러서 찾았건만
인적은 봄바람에
사랑 여행 떠났는가

허물어진 흙담벽에선
옛 동무들의
자지러지는 웃음소리만
적막을 가득 채운다

고향아
난 죄 없다

내 허락 없이
제 맘대로 흘러버린

세월 그놈 책임이다

비 젖는 날의 독백

주안상이 차려졌다
멍게 홍어 활어회에
막걸리 맥주 홍주까지

나의 술 욕심 아니었으면
좀 더 숨 쉴 수 있었을 광어가
타원형 접시 위에
살꽃 그림을 그리고 있다

천도재는 못 올릴망정
좋은 곳으로 갔으리라
젖은 마음 위로하며

한잔 술로 기어이
살꽃 부수고 만다

예나 지금이나 빗소리는
악보 바꾸지 않았고

술과 안주가 있고
시와 음악이 있는데

술 따라주는
따뜻한 속삭임이 없구나

젊은 날의 춘정이
백발 남겨놓고 도망갔으니
지겹도록 같이 산
아내의 잔소리도

술 도시락 까먹는
안방 소풍에
풍미를 더하리라

시황제 부럽지 않은데
대작할 벗 한 명 없으니

콧노래 같았던 빗소리가

엘레지로 바뀌었구나

취해 주선이 되더라도
천계로 인도할 이 없으니

고독에는
옛님의 웃음과 친구들의 재잘거림을

독백에는
시와 노래 희망과 푸념을

주저리주저리
심어놓으리라

3부

제비붓꽃의 꿈

슬픈 사랑 이야기

내 사랑의 온도가
영하로 내려간 걸 알고
우리 두 사람은
덕수궁 돌담길을 걸었다

문득 징크스를 깨고 싶은
생각이 들어
혼인 신고를 해버렸다

동짓달 첫눈이
친구 만난 양
내 백발과 조우할 때

나는
돌담길의 전설을
믿었어야 했다

그리 애달프지도 않았던
그 사랑 그 사람이

우리 집 악단의
바가지 연주를 맡아
맹활약하고
있기 때문이다

보석 하나

이번엔 꼭 하리라
결심하고 그곳에 갔다

봄 그늘 뒤안에 가면
옛사랑의 그림자가 보일까

떨어져 구르며 맴도는
너의 웃음소리가 들릴까

가난하다는 이유만으로
몇 푼 빚에 팔려 가듯
개기름 사내 따라 떠난 설이

중세 귀족 책상 위의
모래시계를 보며

쉴 새 없이 떨어지는
모래의 고됨을 생각한 적 없고
쳇바퀴의 피곤함도
동정한 적 없었다

설이 눈물만 가슴에 칼을
댔지
개기름 사내 사정은
찰나도 생각한 적 없었다

내 이마에도
세월의 강이 흐를 때쯤
남을 위해 뒤돌아보는
여유도 생겼다

은행나무 스치는 바람 소리가
너의 하소처럼 들리는 밤에

파스텔화 같은 추억
유리병 속 모래알의 슬픔
끝나지 않은 기침 같은 미련

모두 부모님 산소 곁에
묻어버릴 거라
맹세하며 돌아왔지만

짝 없는 은행나무
열매 맺히는 날이 와도
동녘 하늘에 더 이상
여명 나타나지 않아도

난 이 맹세를
지킬 수 없으리라

내 인생에 가장 빛나는 보석
하나만 꼽으라면

부모님 산소 옆에
묻어버리겠다는

바로!
그것이니

오월의 탄생

오월이 아름다운 건
완전한 봄이 되지 못한
태아 사월의
자궁이기 때문입니다

알몸으로 뛰쳐나가는
어린 자식에게

입히고 신겨 내보내는
엄마처럼

마른 가지에 꽃부터 피우는
성급한 사월에게

눈이 시리게 상큼한
연록색 옷 입혀 내보내는

어린 사월의
부모이기 때문입니다

잡은 손 놓기엔
아직 서툰 걸음걸이를

근심으로 지켜보던
사월이 어른이 됐습니다

오월이 됐습니다
부모를 닮은 모습으로
계절의 여왕으로

완전히 성숙한 사월
그게 오월입니다

Fa#

나만의 길

이른 출근길
밀려 있는 앞차들 끝이
보이지 않는다

공부 시험 취업
모두의 기대 충족시킨
우등생이라
행복 찬사가 줄 서서
따라올 줄 알았는데

박수는커녕
한심한 뒤차들만
내 꽁무니 쫓고 있다

시간은 휴게소도 없고
핏물 같은 불빛은

미동조차 하지 않는다

추월도 유턴도 못하고
아스팔트에 껌딱지처럼 붙은
기름 먹고 사는 내 구루마

진드기 같은 오늘을
떨쳐내지 못한 아쉬움

차를 버리고
낫과 삽을 구해 와
길을 만든다

줄 서서 쫓아가는
바보 바퀴는 되지 않겠다
이 길은 나만의 길이다
나 혼자서만 가리라

운명처럼 숙명처럼
끌고 끌려온 숱한 날들

어제의 일기장에 끼워 넣고

내일 노트로

내 미래 옮기리라

새 도화지에

새 인생 그려 넣으리라

야윈 달

떠나려는 가을을
호숫가에 묶었다네

그저께 내려와
멱 감던 보름달이

그리운 님 생각에
밤잠 설치었나

동그랗던 얼굴이
많이 야위었네

Fa#

어둠 속의 방문객

열일곱 소년 가슴
진분홍 물결치게 만든
그대 보내고 돌아선 날

찢어진 문풍지 사이로
들어왔는지
불청객이 아랫목에
가부좌 틀고 있었다

어떻게 들어왔는지
이름이 뭔지
대답이 없다

쫓아내려 했지만
놈은 꼼짝도 하지 않는다
원치 않은 동거가 시작됐다

그러나 그는 의외로
다정다감했다

그리고 솜이 물에 젖듯
내 몸에 스며들기 시작했고
거부할 수 없는 힘으로
모든 걸 지배하기 시작했다

슬픈 가요 팝송을 가르쳤고
한밤의 음악편지에
사연 쓰는 법도 배워줬다
아직 어린 가슴에
술도 가르쳐 줬고
그렇게 친구가 됐다

가슴에 치던 파도가
잠이 들 무렵
그는 말도 없이 사라졌다

그동안 정이 든 것일까
찾아 나섰지만 헛수고였다

이름도 알 수 없는
어둠의 친구이자 동지
자신의 이름이
고독이라고 밝힌 그를
몇 년 후 만났다

그리고
잊혀질만 하면 찾아와
포근한 안식처가 되어주었다

아마 오늘도
내 방 소파에 앉아
지친 영혼을
기다리고 있으리라

가을 우체국

지친 가을을
우체통에 넣고
내년으로 부친다

귀밑 검은 머리가
은빛으로 반짝일 때까지
그래 왔다

젊은 날 목말랐던
예술과 문학과 사랑

어느 벌레등에 실려
개미 무덤에 빠졌는가

일 년 후엔 가득 참으로
가을 앞에 서리라는

연례행사 같은 맹세

뱀 허물 벗듯 던져 버리고
다음 해를 또 기약한다

기억의 파편들이
날 비웃고
눈 흘기고 가는데

내 육신만큼이나
옛집 모양도 가난하구나

우체통 등지고 집 가는 오솔길
어둠 사이로 퍼져 나가는
내 목울음이
초저녁 잠에 빠진
가을 풍경을 깨운다

별빛으로 그린 풍경

그대가 나에게
딸기꽃 웃음으로 다가온 건
안개비 내리는 저녁이었다

기타 치며 같이 놀던
동생을 찾으러 왔었지

뜻도 모르는 서양 노래에
괜히 멜랑꼴리하던 시절
팝송 여주인공 같은 그녀는
세 살 연상이었다

심야방송 DJ 누나의
애수에 젖은듯한 목소리에
정신을 차렸다

"넌 이름이 뭐니"

풀잎 같은 내 청춘의 방에
그대는 똬리를 틀었다

뒷산 다람쥐 꿈나라 가고
작은 별 무리도 옅은 졸음에
깜박거린다

윗목 자리끼 물이
살얼음 속으로 숨는 밤

그대에게 보낸 내 마음은
찬 바람에 사립문도 나서지
못했다
깊어가는 겨울 심술에
내 입술이 얼어버리기 전에
까맣게 타버린 가슴
열어 보여주고 싶었지만

어느 못된 바람이
내 심장 소릴 일러바쳤는지

"넌 너무 어려
내 동생 친구잖아"

별빛 내려 파랗게 물든
캔버스 위에 그대 얼굴 그리고

한 코 한 코 내 사랑 뜨개질해
당신에게 줄 목도리 만들어
언젠가는 당신 목에
걸어주리라고

다락방 서랍 깊숙이 숨겨놓고
그대만이 열 수 있는
비밀번호를 걸어놓았다

이 겨울이 지나면
언 내 입술이 녹을까
그대가 다락방 찾아
잠긴 서랍 열어줄까

아궁이에 생솔가지 타는 소리가
타닥타닥 들린다

비가 되리라

비가 내린다
어둠 같은 이 햇볕
저주하듯 때려 부수는
자드락비가 내린다

오늘은 우산 버리고
너에게 흠뻑 적셔지고 싶다

왜 태어났는지
어디로 떨어져 어디로
흘러가는지
낯선 서러움과 함께하고
싶다

떨어지는 차가운 영혼의
억만 분의 일이라도

내 몸에 가둬
따뜻이 데워주고 싶다

사랑했던 사람들
풀벌레 산새 길 잃은 강아지
토끼 여우 다람쥐

두견화의 연분홍 꽃잎
할머니 산소의 녹색 잔디

모든 생명이 이승 그리워
다시 태어난 게
방울방울 빗방울이란다

그리운 사람에게
젖지 못하고
개울로 강으로 바다로 흘러

수증기로 변해 하늘에 올라
다음에 꼭 그에게 닿으리라
비가 될 때를 기다린단다

그리운 이 남아 있어
레테의 강 건너지 못하는
가여운 영혼들과
얘기하고 위로하며

감기에 걸릴 만큼 맞아보자
몸싸개 따위는 벗어던져 버리고

오늘은 비가 되자
수증기에서 빗방울로 변해
그리운 이의 가슴을
촉촉이 적셔보자

그대 지금 어디인가

그대 지금 어디인가

이슬 맺힌 아침 햇살에
수줍어 고개 숙이고

초가지붕의 박꽃 미소
그대는 지금 어디인가

초록 옷도 지겹다고
한풀 한풀 갈아입던

떡갈나무 산성 숲길
산새 잎새 들을까
속삭이던 그 맹세

눈물에 담아

Fa#

앞 강물에 버렸는가

적막마저 고이 잠든
그대 뜨락에

하얀 도화지 위
잿빛 설움
풀어 흩어 놓으리다

추억의 꽃밭에
감옥처럼 갇혀 살아도

어여삐 여기시고
아파하진 마소서

외경

장가계를 여행했다

천문산 케이블카는
신의 권위에 도전하는
움직이는 바벨탑

이어지는 유리 잔도 귀곡 잔도

이 산은 왜 이렇게
나를 힘들게 하는가

글 쓰는 걸 좋아하지만
시를 쓴다는 것
외경이었다
천문산이었다

Fa#

통천대로 내려오는 버스는
원고지 찢는 고통이었다

시가 막힐 때
케이블카를 생각하고

삶이 힘들 때
"살아서 돌아갈 수 있게
해주세요" 하고 기도했던
유리 귀곡 잔도를
떠올렸다

천문산이 외경이라면
장가계는 돌조각 전시회였다

다시 간다면
천문산을 갈 것이다

내 시도 천문산도
풀어야 할 숙제요
외경이다

통천대로에서

살아 돌아온 것처럼

내 꿈도 살아남을 것이다

천문산은 최고의

스승이었다

내 친구였으면

방학 첫날 기대와 기쁨으로
밤새워 생긴 다크서클이
달그림자 같다고
웃어 주는 사람이

친구였으면 좋겠다

첫사랑 떠나는 뒷모습이
참사랑 위해 양보하는 거라
위로해 주는 사람이

내 친구였으면 좋겠다

아직 병아리인 내 글이
봄 가뭄 적셔 주는 단비 같다고
극찬 아끼지 않고

내 둥지 찾는 발길에
크고 작은 충고를 선물처럼
안겨 주는 사람이

내 친구였으면 좋겠다

V 자와 하트를 날리고
돌아가는
그런 위트 있는 사람이

나를 좋아하는
가슴이었으면 좋겠다

첫 출간한 책을 보고
넌 자랑스런 내 친구야 하며
어깨 두드려 주고

돌아서서 배 아파하는
질투까지 귀엽고

인간스러움이 잔뜩 묻은
그런 사람이 내 친구였으면 좋겠다

밀회

내 가슴 찾아드는
그대 마음
어둠에 발길 돌릴까

달을 띄웁니다

터질 것 같은 둘의 마음
달님에게 들킬까

구름 띄워 막아봅니다

꿈 같은 밀어
혹여 새어 나갈까

산새 풀벌레에게
합창 부탁합니다

아침 오지 못하게

앞산 넘는 여명을
삼경에 묶어버렸습니다

Fa#

키치예찬

그림을 그린다

햇살 내음 같은
새하얀 캔버스 위
검은 바위산을 들어 앉힌다

폭포 아래 호수에는
눈물처럼 반짝이는
에메랄드빛 평화를 펼쳐보고
바위산에 나이프로
하이얀 그리움을 바른다

뒤쪽은
진회색 어둠이 자리하고

가까운 숲과 나무에는

붉고 노란 꽃들과
연초록 이파리 소풍터다

밥 로스가 솜씨 뽐내던
밝고 상쾌한 풍경화다

호수에는 맑은 물과
그림자의 어두운 물을
블렌딩한다

햇살 받는 면은
꿈 많았던 옛날 같고
어두운 면은 힘든 지금의
내 삶 같아 쓸쓸하지만

완성된 작품을 보니
마냥 흐뭇하다

싸구려 그림이라고
혹자들은 비웃지만
삶에 지친 이들에게
휴식 같은 그림이라면

렘브란트 컨스터블이

부럽겠는가

사랑하리라

세상의 힘든 삶들을

사랑하리라

키치 같은 내 삶을

제비붓꽃의 꿈

물잠자리 소금쟁이
햇볕 목욕하고
개구리 합창
물새 노래 반주 삼아

넓디 너른 연못가에
산수화붓 장유붓 휠버트붓
오만가지 붓들이

남보랏빛 날개 달고
봄 잔치를 연다

여왕 장미 누르고
오월의 대표자리 얻어
화투장 오월 장식했건만

Fa#

남의 이름
난초라 부른다

성미 급한 초저녁 샛별의
날래고 세련된 붓질로
파랑에 보라 더해
청보라로 변신한

그의 이름은
제비붓꽃이다

어느 수줍은 별당 아씨의
고즈넉한 저녁 향기 지키는
예쁘고 고귀한 꽃이다

술 냄새 담배 연기 자욱한 방
충혈된 노름쟁이가 중얼대며
쪼는 화투 두 장

난초 두 장 나와라
오땡 한번 잡아보자

님 찾는 접동새 울음소리에

어둠도 할 일 잊고

붓꽃정취로 외로움

달래고 있다

4부

날마다 선물

사랑받지 못하여

그는
내 가슴을 깔고 앉아 있었다

세월 그림자 속에 잠든
나의 자아를 깨워
비웃고 있었다

한때 친구였던 그와 나는
고독과 갈채 사이만큼
거리가 멀어졌다

나는
스스로를 사랑하지 않았다
흙투성이 돌멩이로
한구석에 처박혀 있었다

그는 컷팅 연마되고
다듬어져 반짝이며
귀부인 목에서 그네를 타고 있었다

어둠에 터잡은 나의 고뇌는
부르스 흐르는 캬바레 플로어 위
떡칠한 미녀 여가수의
사단조 흐느낌과 손잡고 춤을 춘다

간섭하고 싶은 많은 입술들이
흙 털어내고 세수한 얼굴
문 열고 세상과 악수하라 한다

그러나
다듬지 않으리라
내 모습에 스스로 만족해
사랑의 시선 받지 못하더라도

원석의 무질서가
목에 걸려 멀미하는 보석보다
비교 불가한 아름다움이란 걸

세상이 깨달을 때까지
세월이 인정할 때까지

Fa#

인연

그녀는 말이 없다

소개로 만났지만
가슴은 고요한 새벽이다

물안개에 가려 희미하게
손짓하는 강 건너
플라타나스 몸짓이다

세월 괴롭혀 온 인연 때문에
내 가슴으로 가는 문은
어떤 열쇠로도 열리지 않는다

밤이 되면 내리는
이유도 각각인 어둠

사연 없는 인연은
추억 없는 일기장일 뿐

그리움 가득한 수채화에서
조금씩 꺼내 하나씩
지워나가면

작은 기쁨이라도 만들어져
인연이라는 배를
다시 띄울 수 있을까

지워버린 풍경화 잊고
하얀 도화지 위에
다른 모습으로 다시 그리면

새로움으로 가득 채운
사랑노래 부를 수 있을까

그림 속으로 들어가자
다시 태어나지 못하면
그냥 거기서 살자

결혼

지옥문이
열리는 곳

탈출할 수도
있는 곳

천국일 수도
있는 곳

어디선가
들려오는

개
짖는 소리

향기로웠다

초삼월 살바람을
온몸으로 마중하며
태화동 삼거리를 돌아
들어오는

그녀의 버스는 향기로웠다
아우라에 쌓여 있었다

초가지붕에 허락 없이 세 든
참새들의 뒷담화
찢어진 문풍지의
곡조 없는 노랫소리도

공부 공부 반복되는
고장난 레코드판
어머니의 잔소리도

모든 게 향기로운
선물이었다

선홍색 바지
오므린 작은 입술은
수줍던 나의 사월을
얼마나 물결 일렁이게 했던가

"학생은 왜 매일 이 시간에
학교 가요 지각할 텐데"

목에서 맴돌다 삼켜버린 그 말
"당신 기다리느라고요"

소슬바람 지나고
옷깃 여미는 북새풍 불어올 때

바보처럼 울었다
그 노래가 흘러나오는 버스는
더 이상 향기롭지 않았다

흘러가는 세월은
막는 수비수도 없는 건가

추색은 풍연인데
가을볕도 무겁다 힘겨워하는
노새처럼
그리움도 지쳤다고
세월 탓하며 푸념할 때

늦가을 낙조에 길게 자란
내 그림자 끝에서
그 빛과 향기를 만났다

아기볼에 입 맞추는
첫사랑의 환한 미소는
내 아픈 상처 치료해 주는
백의의 천사였다

체한 듯 방황했던
꿈 많았던 영혼

찬란했던 고통이 끝나는 순간이었다

박사와 각하

우리 집은 식구가 셋이다
아내 딸과 함께
그런데 박사님 한 분과
각하 한 분도 사신다

박사님 이름은 말로만이고
각하 존함은 입달공이다

말로만 박사와 입달공 각하
그래서 다섯 식구다

돈 많이 벌어서
명품백에 보석으로 도배해 줄게
사모님 소리 듣게 해줄게
라고 말로만

네 명 누나들 집을 한 채씩
사 준다느니
요리사 정원사 있는 저택에
카리브해에서 요트를
태워준다 등등등

모든 약속은 말로만 하고
입만 달싹하면
공갈(거짓말) 친다고
마누라가 붙여준 별명이다

학위도 없는 박사
경호원 하나 없는 각하
전혀 미련 없으니

삼식이라 구박 말고
내쫓지나 마시게
그래도 한때는
박사님 각하 아니었나

기억은 희미해져도
추억은 아름답다네

그대 얼굴 함박눈처럼

바람이 귓불에
빨간 꽃 꽂은 걸 보니

시련의 계절이
내 곁에 둥지 틀었구나

첫눈 오는 저녁에 만나
몇 마디 하지도 못했는데

내린 건지 만 건지
녹아버린 첫눈이
슬픔처럼 내 방문 열고
있었다

신이 시샘해
시작도 없이 끝나버린

우리 사랑

함박눈 기다리며

그 얼굴을 떠올려 본다

피카소처럼

조각나 있다

달리의 시계처럼

그날이 흘러내린다

돌아선 그대 발자국마다

씨앗 떨어져

내 눈물 먹고 예쁜 꽃 피워

그리운 얼굴 가려췄으면

기억나지 않는 얼굴

꽃 때문이라

변명이라도 하련만

처마끝 고드름 눈물 흘리고

개울 얼음장 아래

이른 봄이 노래하는데

생각나지 않는 그대 얼굴
함박눈 캔버스 위에
그림처럼 나타났으면
그날처럼 나타났으면

계축

동네 할아버지 할머니
깊은 잠 주무시는
공동묘지 넘고

뙤약볕에 도마뱀 목욕하는
풀숲 언덕 지나면

옛이야기처럼 돌아 흐르는
낙동강이 있지요

기성회비 못 내 혼난 일
시험 성적 나빠
고민하던 일

옥빛 강물에 흘려보내고
은어 떼와 달리기

붕어 피라미 잡아
서툰 매운탕 끓여 먹고

홍시같이 익은 얼굴에
석탄 같은 눈동자만 반짝이며
집에 오면

헤엄도 못치는 놈이
빠져 죽으려고 강에 갔냐

엄마 부지깽이가
춤을 췄지요

승천하는 이무기처럼
용트림하는 낙동강

우리의 놀이터를
계축이라 불렀지요

체했을 때 따는
바늘보다 더 쏘는
쌀 미꾸라지탕은

주린 배를 풍선 만들었고

덜 익은 수박 서리하다
꿀밤 뒤지게 맞고
수박 대신 욕을
배불리 먹었지요

머리카락 희어진 만큼
계축 모습도 가는 길도
희미해짐은

살점 베어내듯
낙엽 떨궈내는 고목처럼

머지않아 갈 길
가볍게 하라는
신의 계시겠지요

주꾸미의 천국

반짝이는 유혹이
주꾸미들을 부른다

"저 반짝이 엄마가 물고
천당 간다 했는데
안 오시는 걸 보니
천당이 좋은가 봐"

"그럼 나도 갈래"
다른 주꾸미가 물자
갑자기 하늘로 솟구친다

"너희들도
다음 밧줄 타고 올라와"

"기다려"

늙은 문어 할아버지가
말한다

"예쁘고 아름다운 건
모두 독이 있단다"

너희들이 뒹구는 모래 뻘이
진짜 천국이란다

Fa#

껍데기 인생

피부는 거칠고
가시가 박혀 있기도 하다

갓 태어난 상전 모시는
노비요 머슴이다

껍질로 감싸고 키워왔던
예쁜 알곡 아기씨

앞가슴 부풀고
엉덩이 터질 듯 벌어지면

껍데기는 도리깨에 맞고
탈곡기에 돌려져
만신창이가 된다

찢겨진 몸을
논밭에 버리기도 하고
군불 때기도 한다

두 아들놈들이
해외여행 다녀오면서
어머니 선물만 사 오고

아버지 껀 마땅한 게
없어서라며
변명하는 낯짝이
가소롭고 가련하다

한잔 술로 탄식 노래 부를 때
때 이른 북새풍이
지나다가 거든다

서러워 말게
이 모든 건
조물주가 연출한
아버지란 이름으로 포장된
껍데기란 배우의 인생극이라네

돌잡이

아들이
돌잡이상에서

공이랑 수표를
잡아서 날렸다

어허!
이놈이 커서
정치할 놈이구나

함박꽃 여인

그녀는 꽃 웃음
함박꽃처럼 웃었다

절세미인은 아니지만
그녀의 웃음에는
풀꽃 나무 산새들이
눈 뜨고 귀를 열었다

우리 만남엔 언제나
무지개가 떴다

언제부터인가
근심 어린 그녀 그림자에
이별의 신이란 놈이
기웃대고 있었다

Fa#

놈은 그녀와 헤어지라고
그녀를 포기하라고
강요와 협박
비굴한 웃음까지 동원해
회유하기도 했지만

내 사랑의 힘에
감동 혹은 굴복한 건지
안개 속으로 노을 사라지듯
꼬리를 감추었다

돌아온 그녀 웃음은
굳은 내 얼굴의 체온을
뜨겁게 돌려줬다

그리고 또
무지개가 떴다

한 지붕 아래서
꽃이 피고 꽃이 지고
강산이 서너 번 바뀌다 보니

세월의 무게에
찌그러진 것일까
동그란 웃음은
비웃음으로 바뀌어 갔다

그녀도 어쩔 수 없는
물욕 가득한 속물인가

돈과 명품엔
걱정과 슬픔 사이로도
웃음꽃이 핀다

오늘도 술상 앞에서
애주가와 중독자 기준을 놓고
끝없는 논쟁에 속 시끄럽다

신이시여
이 여인에게서 앗아간
함박웃음 돌려주소서

날마다 선물

사표 집어던지고
돌아서서 올려본 하늘에

어제 깎고 버린 내 손톱이
억울한 양 초승달 되어
슬픔을 비추고 있다

할 일 끝나 몸에서 버림받은
네 신세나
적응 못 해 사표 던진
내 신세나
다를 바 없건만

넌 버리고 미안해하는
주인이나 있다만
난 아침 강물에 떠내려 가는

버들강아지로구나

한낱 미물 벌도 개미도
조직 구성원으로
적응해 가며 생을 마치건만

난 어찌
많고 많은 담장 벽돌 중
하나에도 끼지 못하는가

음악 하다가
화가 되려다
화상도 해보고

시인 된다고
수백 편 시 써놓고

나 없으면 세상이
돌아가지 않을 줄 알았는데

실망과 좌절의 오늘이
또 저물어도

공상가 몽상가답게
배짱 그리고 자존감은
비 맞은 죽순처럼 씩씩하다

날이 밝으면 언제나
배춧잎 같이 싱싱한 하루가
택배상자에 담겨

선물처럼 다가올 테니

밧줄

서러운 오늘을
또 어떤 밧줄이
날 묶을까

지난 겨울
얼린 모래 밧줄

개나리 기지개에
부서져 내렸는데

오늘 밤 긴 어둠이
또 나를 가두면

누가
어떤 열쇠로
이 빗장 풀까

Fa#

님이 아니라면
새벽도 봄바람도

이 밧줄
풀지 마소

님의 뜻이라면
슬픔도 이별도

억겁의 기다림도
반겨 즐기리라

바래 영숙

말 굽재 신작로
흙먼지 사이로

단발머리 지지배가
군용트럭 옆에서 달린다
이겨볼 거라고

세상 불쌍하게 태어난
막내 누나 바래

조당수 앞에 놓고
눈물부터 넘기는
하나뿐인 남동생의
아픈 손가락

바래 신영숙

부모 형제 다 몰라도
세월 등쌀에 모든 기억
가물거려도

나는 안다
하나뿐인 머스마 동생 위해
언니들에 치이고
동생들에 치이고

가슴이 썩어
석탄보다 더 검을 텐데

희생을 등에 진 쌀자루인 양
아끼지 않고 날랐던
바보 바래
오뉴월 햇살보다 더 밝은
그대 미소는

빚 많은 동생 가슴
더 쥐어짠다

나는 안다

그대 희생이
세상 슬픔 녹인다는 걸

세상 빛이
그대 덕이란 걸

Fa#

첫눈

차갑고 하얀 눈부심
은혜로움이 세상을 덮는다

올해는 하늘도
눈물 적실 일이 많았는가

힘없고 억울한 인간들이
하늘에 올린 상소에
상제 눈물이 얼었는가

은빛 조각으로
진주 조각으로
늦가을을 덮는다

잎새 떨군 나목에
이팝꽃들이 내려앉았다

곧 눈 덮인 꽃나무 녹아내려

어제의 아픔 모아 모아

바다라는 너른 가슴으로

실어 나르겠지

두 번째 눈은

슬픔 조각 아닌

기쁨과 사랑과 희망으로

약한 이들 포옹하고 위로하며

목화솜같이 따뜻한

백작[*] 날개 빛깔

축복이었으면

*   하얀 참새.

Fa#

초판 1쇄 발행 2025. 1. 17.

지은이 신규식
펴낸이 김병호
펴낸곳 주식회사 바른북스

편집진행 이지나
디자인 김효나

등록 2019년 4월 3일 제2019-000040호
주소 서울시 성동구 연무장5길 9-16, 301호 (성수동2가, 블루스톤타워)
대표전화 070-7857-9719 | **경영지원** 02-3409-9719 | **팩스** 070-7610-9820

•바른북스는 여러분의 다양한 아이디어와 원고 투고를 설레는 마음으로 기다리고 있습니다.

이메일 barunbooks21@naver.com | **원고투고** barunbooks21@naver.com
홈페이지 www.barunbooks.com | **공식 블로그** blog.naver.com/barunbooks7
공식 포스트 post.naver.com/barunbooks7 | **페이스북** facebook.com/barunbooks7